奥 林 匹 斯

LA MYTHOLOGIE

山 上 的

VUE PAR LES

怪 物

MONSTRES

有 话 说

独眼巨人
波吕斐摩斯

Moi, Polyphème, cyclope

[法] 西尔维·博西埃 著　徐洁 译

中央编译出版社
Central Compilation & Translation Press

Sylvie Baussier

Note

作者按

d'intention

de

l'autrice

如果我告诉你，希腊神话中的怪物们其实都保有一丝人性；

如果我告诉你，我们每个人的内心都有一处自己不愿面对的隐秘角落……

历史总是由胜利者来书写，我们对此已司空见惯：滑铁卢在英国的教科书里被描述成一场大胜仗，但在法国却不为人知！在神话故事里，忒修斯是大英雄，而米诺陶则成了大坏蛋……

可是，如果我们换个角度，是否可以关注一下"负面人物"呢？

或许，可以请他们来讲述一下自己的故事？

女士们、先生们，亲爱的读者们，现在就请拉着我的手，开启这段奇妙的旅程……

人物介绍
Les personnages

Polyphème

波吕斐摩斯

这位是独眼巨人波吕斐摩斯,
他是海神波塞冬的儿子。

Ulysse

奥德修斯

他是拉厄耳忒斯和赫耳墨斯神

后裔安提克勒亚所生的儿子。

作为英雄,他拥有非凡的能力。

可他和人类一样,肉体凡胎、难逃一死,也就是半神。

他是希腊伊塔刻岛的国王。

Les compagnons d'Ulysse

奥德修斯的伙伴们

他们和奥德修斯一样，都是希腊人，
曾一起围攻小亚细亚的特洛伊城，
并在大获全胜后踏上了辗转返回家园的路。

Poséidon

波塞冬

波塞冬是海洋之神。

他是波吕斐摩斯的父亲，

也是宙斯的兄弟。

Les autres cyclopes de Sicile

西西里岛上的
其他独眼巨人

波吕斐摩斯和他的兄弟们住在同一座岛上。

这座岛位于意大利南部，

自荷马时代以来便被称为西西里岛。

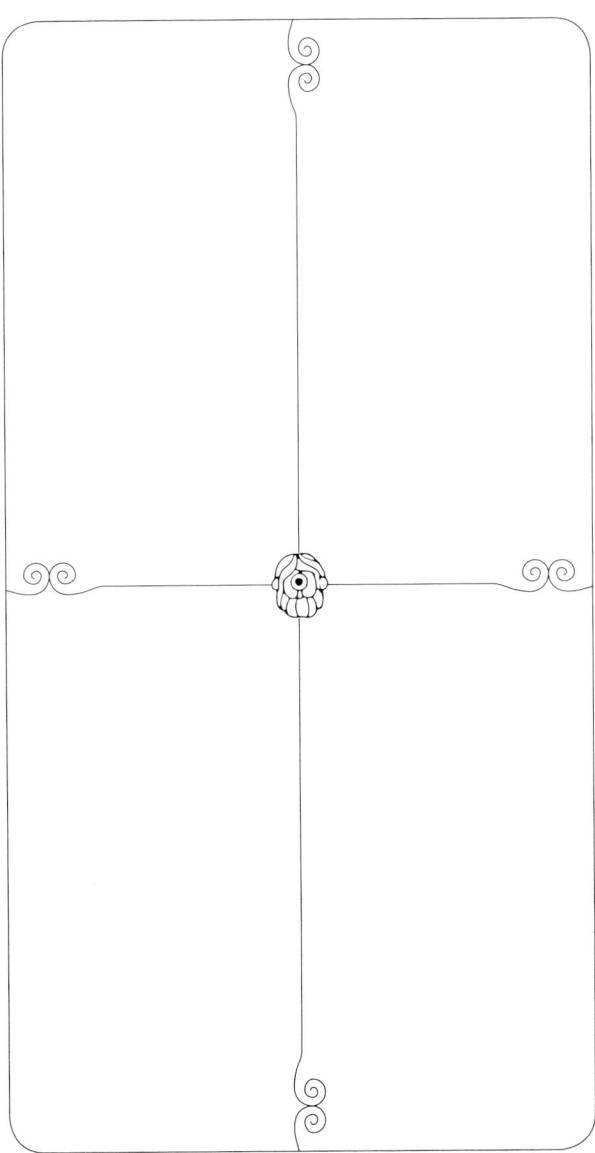

目录

第一章
又失败了! / 014

第二章
一艘大船 / 022

第三章
希腊人 / 030

第四章
礼物 / 038

第五章
我的样子 / 046

第六章
没有人 / 054

第七章
行动 / 062

第八章
永恒的黑夜 / 068

独眼巨人的传说 / 074
趣味游戏手册 / 090

Table des matières

Chapitre 1

Encore raté ! / 015

Chapitre 2

Un grand navire / 023

Chapitre 3

Les grecs sont là / 031

Chapitre 4

Un cadeau / 039

Chapitre 5

Mon apparence / 047

Chapitre 6

Mon nom est Personne / 055

Chapitre 7

Je dois agir / 063

Chapitre 8

La nuit définitive / 069

Le mythe du cyclope / 075

Cahier de jeux / 091

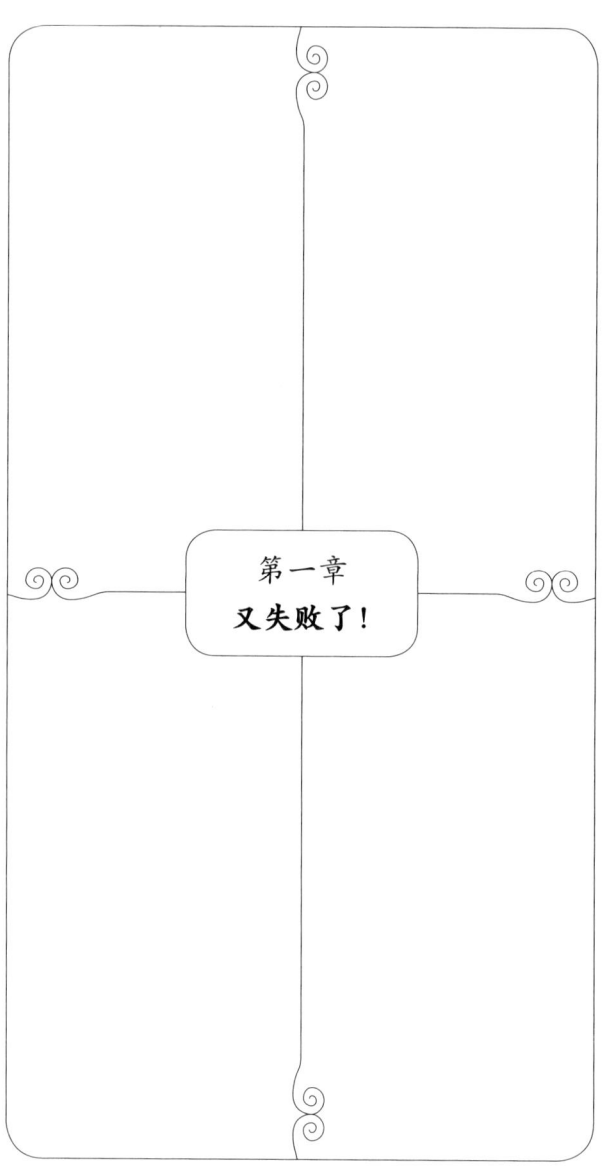

第一章

又失败了!

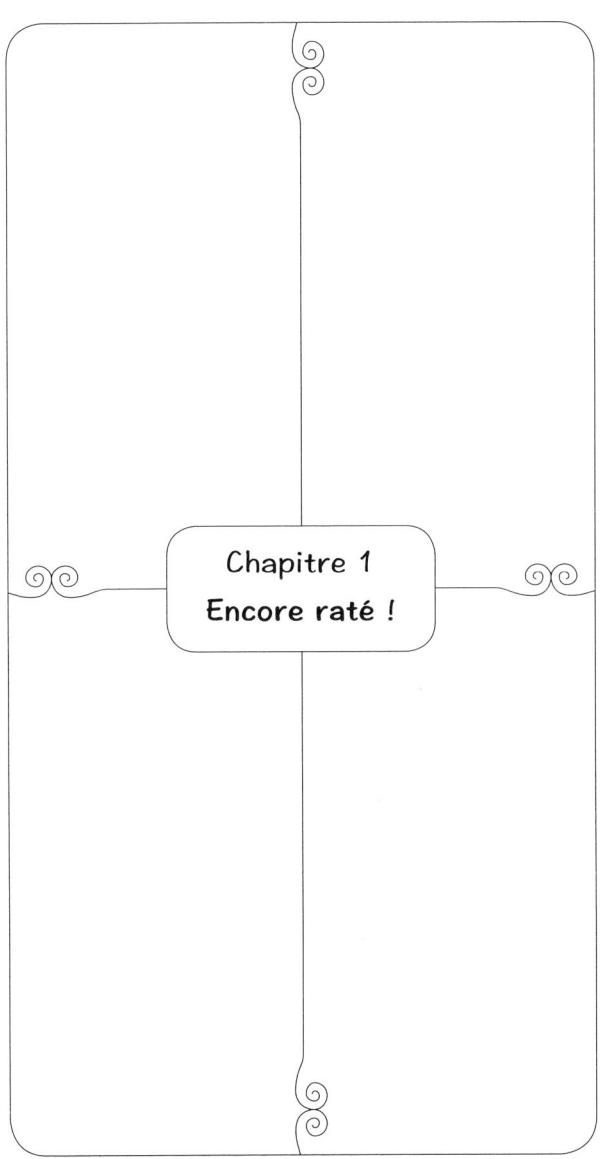

又失败了！我脑海里再次浮现出这个念头。

烈日炎炎，高悬空中。我在骄阳下挥汗如雨，正想办法抓住一只从羊群中掉队的小绵羊。我原以为自己的巨人之手足够长，可以一把就把它抓住的……谁料想，它在高地上跑得可远了！一只小绵羊胆敢和我对着干，我可是海神波塞冬的儿子！它怎么敢？我一怒之下，抡起巨大的拳头砸向地面，大地发生一阵颤抖，仿佛在回应我的怒火。

我住在一座岛上。虽然岛很大，可我的步子也很大……我迟早会把这只畜牲找回来。

我怒气略消，一下子躺在草地上，凝视着湛蓝的天空，呼吸着草地上芳草的清香。那只胆小的绵羊慢慢走近我，把它湿漉漉的羊嘴伸向我的脖子。我缓缓起身，它就站在我身旁，随后跟着我走进我住的山洞里。它那小脑袋里到底在想什么？它一定是觉察到我的情绪已经缓和下来，就跑回来寻找专心致志的牧羊人。是的，一定是这样。

你们知道吗？我是独眼巨人。我两只眼睛的轮廓看起来像人眼，可眼睑被封住了，所以什么也看不到。相比之下，我的额头中央倒是睁着一只大眼，可以看得很远——就连隐藏的东西和魔法生物都能尽收眼底。我的同类们都长这个样子。可为什么作为海神波塞冬的儿子，我却不像父亲一样长着两只眼睛？为什么我和那些时不时乘船环岛航行的小个子人类相比，也长得完全不一样？不知道。我可不是出于嫉妒才这么说的。那些小个子人类把我和我的兄弟们当成粗人，我可不想长成他们那个样子。

我的眼睛很大，泛着深绿色的光，正是怒海惊涛的那种绿色。我觉得我的眼睛长得很美，看东西看得非常清楚。

但它不知道如何估算我与其他东西之间的距离。这是怎么回事？我的独眼巨人兄弟们知道吗？尽管我害怕他们会因此嘲笑我，可我也许早就向他们提出过这个问题。在一成不变的日子里，健忘时不时会给我带来点小麻烦。

现在，我正在专心完成晚间杂务：我把绵羊和山羊都带到露天家园周围的大围栏里。我把石块滚到这里，围出了一个羊圈，周围长满了松树和橡树。

接下来，我走向自己的藏身之所，洞口隐藏

在几株月桂树后面。我走进洞穴，母羊和小羊都被我藏在山洞里面。我给母羊挤奶，悉心照料老弱病残。

几个月乃至几年来，我过着如此平静的日子！我喜欢每一个早晨和夜晚，羊咩声和鸟鸣声此起彼伏，四处弥漫着稻草的芬芳，还有前一天制作的奶酪的香味。我喜欢在黎明时分起床，远离所有人类，为绵羊和山羊挤奶，移开挡在洞口的岩石，眺望怀抱岛屿的蓝天。这座独眼巨人岛，迷失在茫茫海浪之中。

每天的工作完成后，我会踏上一条蜿蜒而上的小径，穿过金雀花和被风吹弯了腰的灌木丛。我和我的兄弟们每个满月之夜都相约在岛中央的高地上，我看到他们手中火把的光芒，夜晚早已降临。

多么安静啊！这座广阔的岩石岛上没有人类。偶尔传来几声狼嚎和海鸟的哀鸣，还有海浪和海风的低语……我们自由自在，聆听着大自然的原始音乐。

我和兄弟们打完招呼,就一起坐下吃起肉来。

我深吸了一口气,便打开了话匣子:"今天下午,又有只羊从我身边溜走了。"

"我昨天也是!"我们的大哥叫了起来,一张怒气冲冲的脸隐藏在黑暗中。

"我几乎每天都在找羊!"第二个兄弟指出,"那些羊想什么时候回来,就什么时候回来。"

"就在两天前,一匹狼吃掉了我一只羊……"第三个兄弟补充道。火焰的光芒闪动着,映出他说话的嘴。

我担心地问道:"人类是不是像我们一样笨拙?"

"我不觉得。"那只羊被狼吃掉的兄弟叹了口气说道,"有次他们的船只靠近了我们的海岸,我看到他们在摆弄什么,他们的手势准确利落,不像我们那样四处摸索。"

"波吕斐摩斯,你之前问过我们这个问题了。"我的另一个兄弟烦躁起来,"你不只是视力出了毛病,记忆力也……"

"兴许还有什么别的毛病?"

又来了。他们在取笑我,这已成为他们打发

时间的爱好之一。他们总觉得我非常弱，我不过是天生好奇罢了，没人挑衅的时候也算得上和善。难道该用我的大拳头揍他们一顿？没准他们只是在等我发作好来个群殴，或者把我击倒。"再没什么能比得上一场精彩的战斗"，我们童年时代在岛上的林间和草地上奔跑时，我就经常听到他们说这句话。其实吧，是他们跑他们的；而我呢，我宁愿躺在草地上看云卷云舒……他们耍弄花招，有时甚至恶言相向，总想着给我点颜色瞧瞧。可那样的日子一去不复返了，我再也不想做他们的出气筒了，也不想成为任何人的受气包。

我默默地站起来，低声说了句"再见"。他们心不在焉地做出了回应。就让他们在火光中继续大笑吧，我径自回到那飘着新鲜奶酪香味的洞穴里。

我回想着他们说过的话。在我的兄弟们中，没人知道我们为什么只长着一只眼睛。还能问谁？岛上没有人类，我早说过了。不过，我并不生气。偶尔有几个途径岛屿的水手来河边喝水解渴，看到我们就嘲笑我们的长相。他们嘲笑的不光是我，还包括我的其他独眼巨人兄弟。他们对着我们指指点点，在彼此耳边窃窃私语，接着放声大笑。

可他们只敢远远地做出这些举动，因为他们知道，我们一拳就能把他们像蚂蚁一样碾成齑粉。

他们定是猜到了：我一旦被激怒，几口就能把他们生吞了。

说不定他们知道我们人数众多：光一个独眼巨人就很危险了，更不用说三四个了……只要我们有碾碎他们的冲动，整条船都无法幸免。因此，他们同我们保持着距离。他们笑起来的样子真像胆小鬼，最后只能跑回船上溜之大吉。

波塞冬，我的父亲，你可是海神，你掌管着起伏的海浪，为什么不来保护我免受别人的伤害？

到底是为什么？

你是想让我自生自灭吗？我的确不再是个孩子了，我力大无穷。即使大家都把我当成傻子，可我也懂得如何把铜敲打成锅子，我做的奶酪更是一绝，我的牲口数量众多，而且都得到了很好的照顾……随便他们说什么，我就是我！

第二章
一艘大船

Chapitre 2
Un grand navire

黎明破晓，晨曦初露，我把羊群从围栏里放出来。是时候带它们去牧场了，鲜美的草料能将它们喂得饱饱的。

在回来的路上，我沿着悬崖往上爬。我停下片刻，心里开始犯嘀咕：海面上似乎出现了一个黑点。是鲸鱼，还是巨鲨？难道是海盗船？该不会是我那海神父亲用障眼法变出来的吧？

我眯起眼睛仔细看，依旧看不清。我试图抓住一只羊的时候也是如此，只能任由那胆小的畜牲挣脱，谁叫我始终搞不清距离呢。

这天早上很忙：我得治好那只最漂亮的公羊的蹄子，可不能让这一点小伤就要了它的命。可它很小心，多次违抗我的指令。

"德拉斯，过来！"

它长着一身漂亮的羊毛，我特意给它起了个配得上它的名字（"德拉斯"在希腊语里是"毛皮"的意思。——译者注）。我把双手伸进它厚厚的羊毛里，双手几乎消失不见，羊毛既暖和又粗糙。我俩听得懂彼此的话。

"德拉斯,过来!"

我亲爱的公羊,羊群中最强壮的那只,正等着我呢。可每当我以为已经抓住了它时,它就会跛着脚跳到我够不着的地方。我追着它来到岸边。在那里,我可顾不上那头畜牲了:只见海浪上的那个黑点大得吓人。这回再没什么疑问了:那是一艘希腊船,一艘大船,船帆被风吹得鼓鼓的,还有许多船夫正在奋力划桨,朝着我的岛屿进发。

这些水手准备停在这里补充淡水吗?我躲起来仔细观察他们。

没错,我不喜欢人类。

因为,他们认为我们都很愚蠢。

因为,他们觉得我们都很丑陋。

他们可知道我们的父亲是谁吗?他们可知道我们是半神吗?

我害怕的不仅是他们的嘲笑。我知道,命运凌驾于人类和奥林匹斯山众神之上。没有谁能够对抗命运。很久以前,一位神的使者向我预言了一件可怕的事情。

他是这么对我说的:"有一天,一个名叫奥德修斯的人会让你受苦。"

我想知道更多,便追问道:"怎样受苦?"

"痛苦到超出你的全部想象。"

接着,他又陷入沉默,一言不发。我的思绪飞速旋转起来,设想出各种精心设计的酷刑,想象着溺水、窒息、地狱之火、怪物袭击,还有那个名叫奥德修斯的陌生人跳起死亡之舞。

渐渐地,我忘记了神谕。恐惧时不时掠过我的心,我直视着它,然后赶走它。我回到羊群身边,它们还等着我来照料、喂养和挤奶呢……

然而,每当我看到人类时,我都会以为大难临头。我都会问自己:"奥德修斯在这些水手里吗?"

希腊船靠岸了。它的船体磨损得很厉害,船帆上也打满补丁。似乎过去了很久,都没有人下船。希腊人正在热烈交谈着,话语断断续续随风飘进我的耳朵里。

"我一个人去……只需灌满几袋水就行……"一个威严而低沉的声音传来。

"那可不行,我陪你去!自从特洛伊战争以

来，我们就知道万事小心为妙……更不用说我们原以为很快就能回家，谁料想一路上遭遇千难万险，不知何时才能到头。"

"我也想到岛上去！"

"还有我！我知道哪些植物是可以食用的。"

"我一个人就能扛起满满两个水袋！"

第一个说话的人，大概是他们的首领，反对道："那谁来守卫这艘船？"

大家都不吭声了。

首领用强硬的声音继续说道："不可能让所有人都上岸。"

这个希腊人的个头不是很高，和我比起来，他简直像个侏儒。从他晒黑的脸庞可以想象他曾长途跋涉。他手臂上的肌肉在简单的束腰外衣下若隐若现。透过他长长的卷发和乱糟糟的胡须，可以看得出他曾历经千难万险。他的话并没有说服所有水手。

其中一位补充道："淡水可填不饱我们的肚子！我们的存粮快吃完了，天知道我们还能坚持多久！"

"他说得对。"另一名水手附和道，"只要吹起一阵逆风，就可能把我们刮到不知道哪个鬼地方,那我们就得饿肚子了……我们还没到达你的岛屿呢,尊敬的伊塔刻岛国王。我们原本以为很快就能回家,不是吗?可一路上刚出虎穴就入狼窝,离你的家乡越来越远了。"

首领朝远方看去,先是海的那边,再看看陆地。其他人就等他大嘴一张下命令了。

只见他伸出手臂,指着十二名同伴说道:"你,你,还有你……还有你……你们跟我来,带上水袋。"

"万一岛上有人居住怎么办?"

"那就再带上几个……"

我还没来得及听完他们的谈话,一阵狂风就把最后几个字给吞没了。我愤怒地握紧拳头,再带上几个什么?是礼物还是武器?还是两者都有?

十三个人下了船,其他人倒在甲板上休息。

我继续去找羊。不管怎样,这些水手急着回家——我也很想看到他们离开。他们会打水、采摘浆果,也许还会从田野里偷一只羊羔,但这些都不要紧。

德拉斯终于乖乖听话了。我治好了它的蹄

子，好让它的毛皮上不再出现伤口。

太阳西沉，落入海平线。蟋蟀声、鸟鸣声，还有海浪拍打岛上礁石的轰鸣声：我的世界一切各就各位，动中有静，正如我喜欢的样子。

我的胃咕咕作响，脑子里正琢磨着今天的晚餐：一只刚宰杀的活羊、一块奶酪、几颗橄榄和纯净水。

好馋呀。

可就在这时，我听到了人类的说话声！

希腊船还在沙滩上。这是怎么回事？船身受损了吗？

补给小分队可曾回到船上？夜幕降临，我看不真切。不过，要是这群人不在他们的船上，他们又会在哪里？

我不喜欢这个情况。

一点都不喜欢。

第三章
希腊人

Chapitre 3
Les grecs sont là

希腊人来了!

我站在悬崖上看到了他们,他们还赖在我们岛上没走呢。我的独眼巨人兄弟们可曾见过他们?反正没人跟我提过此事。

我看到这些侏儒被水袋压弯了腰。也就是说,他们给水袋灌满水了,那他们还想要什么?德拉斯紧紧跟着我,我要把羊群赶回羊圈。远处响起了几声狼嚎,我不由地加快了脚步。我迈开步子,几步就赶上了我那群牲口。夕阳在海里浮沉,天空泛着橙色,映照出那群外国人的身影。他们似乎比我抢先一步。

在我前面一百步开外,他们正走在山丘和草地之间的狭窄小径上。

他们正准备进入我的羊圈!

胆子可真够大的!

现在,他们走进了我的洞穴,消失不见了。

他们没看到这地方有人住吗?

说到底,这些人可能是海盗,也就是小偷,随时准备掠夺他们想要的东西。哪怕不属于他们，只要他们喜欢，就什么事都干得出来。

如果偷盗是他们此行的目的，我绝对不会放任不管，绝对不会坐以待毙。

可如果他们只是一群迷了路、受了惊的可怜水手，那我会张开双臂欢迎他们。

他们再也没有出现了，可能正在山洞里休息。目前我还有更紧迫的事情要做：母羊们正在咩咩叫唤。涨奶的乳房令它们痛苦不堪，正等着我去挤奶。这项日常工作让我心气平和，有那么一刻，我忘记了入侵者的存在。我把公羊关进羊圈，随身只带着母羊和小羊羔——它们会和我一起睡在遮风挡雨的山洞里。每天晚上都是如此。尽管我个头很大，可山洞足够大，容得下我们全体。

在走进山洞之前，我的目光一直盯着洞口。

难以置信！这些希腊人正大口吃着我的奶酪！十三个人笑开了花，嘴里塞满了我亲手制作的美味。

"可惜缺点橄榄！"其中一个打趣说。

他们的举止就像野蛮人。要是我闯进他们的家里，私吞他们的存粮，偷走他们的东西，他们还会高兴吗？可在他们眼中，我不过是一个小小的独眼巨人，一个微不足道的牧羊人罢了。

灌木和羊群淹没在暮色的阴影里，我站在那里一动不动。

尽管如此……要是他们来找我……要是他们为了整船船员不至于饿肚子而找我要几只羊……我想我会给他们的。用什么东西来交换也可以。莫非他们正等着送我件礼物？我为自己之前闪过的阴暗念头而自责。没准他们是诚实的，我何必去怀疑他们的动机呢？

山洞深处正闪着柔和的红光：他们从我的存货里拿了几根树枝生火。寒气从海中升起，从星空降下，笼罩着万物。我也渴望生火取暖。可我还在犹豫要不要走进自己那个窝。我眼睛盯着洞内,耳朵紧贴着洞口。他们在说什么?还在想着橄榄吗?

"我们走吧。"一个声音响起,"我们已经找到了我们需要的一切,足够维持到下一个停靠点。"

"那可不行。"发号施令的首领回答。

"你还想干什么?"

"等着住在这山洞里的牧羊人回来。"

"你需要他做什么?"另一个水手问道。

"我想要他送我们一份礼物。"

"礼物?我们才是这里的客人,难道不该客人送主人礼物吗?"

首领用一种打趣的语气重申:"我是希腊国王,他必须对我服从、尊重、效忠。"

我哑口无言。这就是他们的待人之道吗?他们偷了我的东西,我还得感谢他们!

我巨大的身躯开始颤抖,怒从心头起,两眼开始发花,耳朵嗡嗡作响。我深吸一口气,抑制住自己的怒火。

我庞大的身子开始移动,走进自己的

洞穴——今天之前，我始终认为它是不可侵犯的。我沉重的步子震得地动山摇。突然间，不再有人说话了：那群入侵者不作声了，只听见我白天留在那儿的几只虚弱的绵羊和我在夜幕降临时带回来的羊群的咩咩声在洞内回响。如果我盲目相信自己的感觉，一定会以为这里就我一个人，就像每天早出晚归时一样。

平生第一次，我感到了害怕。这些人的个头可能只有我的十分之一，可我能在空气中感受到他们的决心，我能从把我团团围住的沉默中觉察到他们的狡猾。

会发生什么事？我自以为很厉害，可突然间却感到如此孤独。哦，要是我兄弟们能来就好了……可他们从不走错路来我家。我们每次都在岛中央碰面，距离我的住处好远好远。

山洞中的篝火还冒着余光，大概是他们听到我的动静时匆忙熄灭的。可见我没有做梦。

开弓没有回头箭，某件不可逆转的事情正在发生。

陌生人闯入了我家。

我该如何面对他们？

第四章
礼物

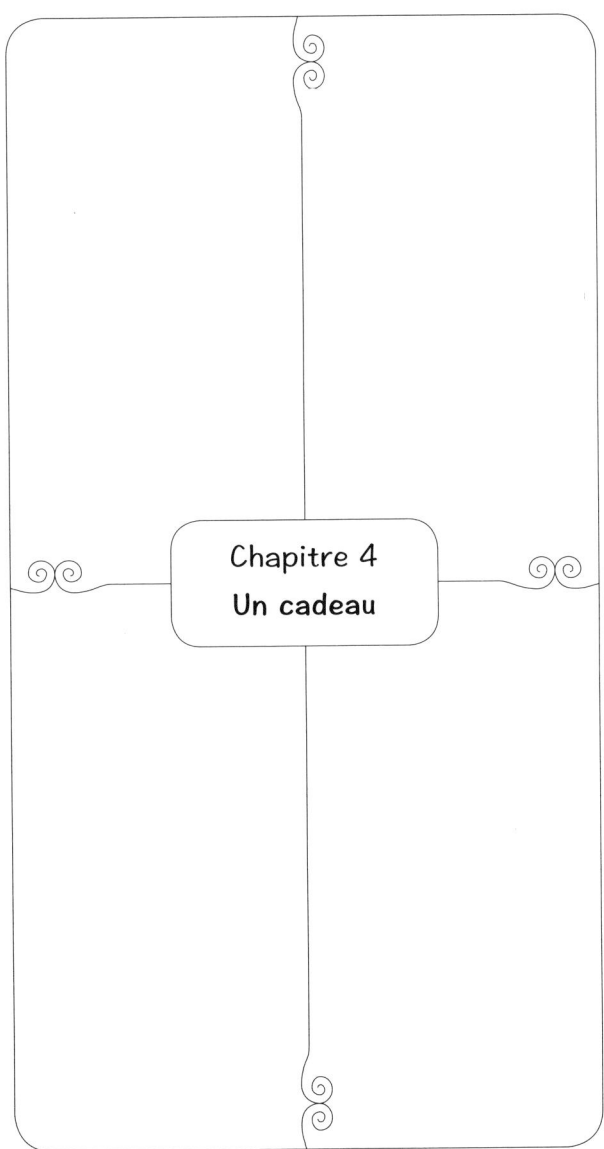

Chapitre 4
Un cadeau

我的羊群也走进了洞穴，小羊们紧靠着母羊咩咩直叫唤。

我知道自己该做什么。

我要掌握主动权。事实上，主动权大多已经在我手里了：这群希腊人大概以为我很笨，以为只要灭掉篝火，我就无法猜到他们的存在。

真是蠢货！他们的沉默既遮不住生火的烟味，也没法掩盖他们又热又脏的身体发出的刺鼻气味。他们好歹先在河里洗个澡！

我朝依旧通红的炭火上扔了几根木柴，重新点燃了篝火。我吹了口气，比锻炉的风箱还管用，橙红色的火苗又冒了出来。我看得清清楚楚，太棒了。

就像每天晚上一样，我关上了自家房屋的大门：我用力靠在洞口的巨石上，将石门推到正中央。我觉得石头很重。也就是说，这扇巨门是为力大无穷的我而专门打造的，任何人类都无法挪开它。

这群贼成了我的俘虏，他们胆敢闯入

我的地盘？很好。现在他们将任由我摆布，再也出不去了。他们落入陷阱，已经无处可逃。

除了羊群的咩咩声，没有任何声响，入侵者始终保持沉默，他们定是躲在黑漆漆的角落里。他们以为我不知道他们在这里，妄图躲藏在茫茫夜色中。

有那么一刻，我很想放他们一马。可我想起他们首领说的那句充满嘲讽的话："我想要他送我们一份礼物。"他会为此付出代价的。他们会躲在哪里呢？我看到有个影子从一个角落溜到另一个角落。我伸出手想要抓他，可差了整整一肘——我庞大的身躯上的一肘。

我的尝试失败了，只听到一阵笑声响起。嘲笑我的家伙们大错特错了。我要让他们付出最沉重的代价。千万不要嘲笑半神，更不要嘲笑我。我受不了这种轻视。我的手刚刚错过的那家伙的笑声更准确地暴露出他的位置。这次我抓到了！哎呀，差点又让他逃掉了！我一只手抓住他右边的凉鞋，另一只手则抓住他的左脚踝。这个希腊人不再笑了，而是尖叫了起来。

现在，他倒悬在空中，不禁哭喊道："饶了我吧，我求你了！"

"你之前没动脑子好好想想吗？你有没有想过住在这里的主人？"

"可我……我是跟着首领来的……"

"如果只会随声附和，那你和羊有什么区别？"

"我……"

"我没什么。"

我把他举到眼前，仔细端详那对小眼睛里透露出的恐惧，接着我连人带衣服一股脑儿把他吞进肚子里。我喝了一大口水，咽下了这道不易消化的小菜。

我现在有一个疑问：刚才嘲笑我的是他，还是躲在远处的另一个人——那个被火焰拉长的影子？于是，我抓住了第二个人，让他追随自己同伴而去。我不再饿了，怒火也消退了。

我只想不受人打扰，可其他家伙都躲

在我家的角落里,我怎能睡得安稳?天知道这群小偷强盗想要做什么!

我重重地在火边坐下,往里面加了几块木柴,好暖暖身子。几个影子同时往后退。我定睛看着母羊和小羊,有几只正挤在一起,直勾勾地盯着一个圆点。只见一个男人从那里出现了,这家伙也想被吃掉吗?

他开口说话了,可我没有立即听清他在说什么。他的声音让我吃惊,就像一记耳光。他身上散发出一种能量,宛如阵阵生命的气息。接下来,他的话语钻进我的耳朵里,我这下听明白了。

只听他说:"独眼巨人啊,这地方的主人,请原谅我们的闯入。我在这里的表现就像我之前在特洛伊城所做的那样。在漫长的十年里,我们一直守在城墙下,等着居民们投降。"

这位就是首领了,我敢肯定。我不由自主地听了下去。

"那你们获胜了吗?"

他不假思索地直起身子，两只眼睛闪闪发光，我刚加了木柴的篝火烧得红通通的，映照出他心中燃起的火焰。

他高傲地回答道："当然了！我们可是很厉害的。再说了，还有天上诸神与我们同在。雅典娜寸步不离地庇护着我，她是最聪明的智慧与和平女神，而我则是最狡猾的……"

我忍不住提醒他："那她今晚可缺席了……"

他嘴角勾起一抹微笑："你知道什么？"

我心头怒火又起。他定是感觉到了，连忙说话补救："一切都是我的错，独眼巨人啊，不要再惩罚他们了。为了平息你的怒火，我想送你一份礼物。"

可我刚才明明听他说他是来找我要礼

物的,不过,我也记得他上岸前那番话:他提到带上什么东西,我当时没听懂是什么,也许他现在说的是真的?

"你说的是什么礼物?"

"天底下最甘甜可口的葡萄酒,我们为你带来了。"

葡萄酒!很久以前,我曾和兄弟们一起品尝过。这琼浆玉液让人头晕目眩,味道极好。这么多年来,我只喝河水解渴。这个提议很诱人。

"真的有你说的那么好吗?"

他向我保证:"真的是一等一的好酒,是客科涅斯人送给我们的。天上诸神的琼浆玉露也不过如此!你想尝尝吗?"

我犹豫了。

也许,这个希腊人真的意识到自己错了。

第五章
我的样子

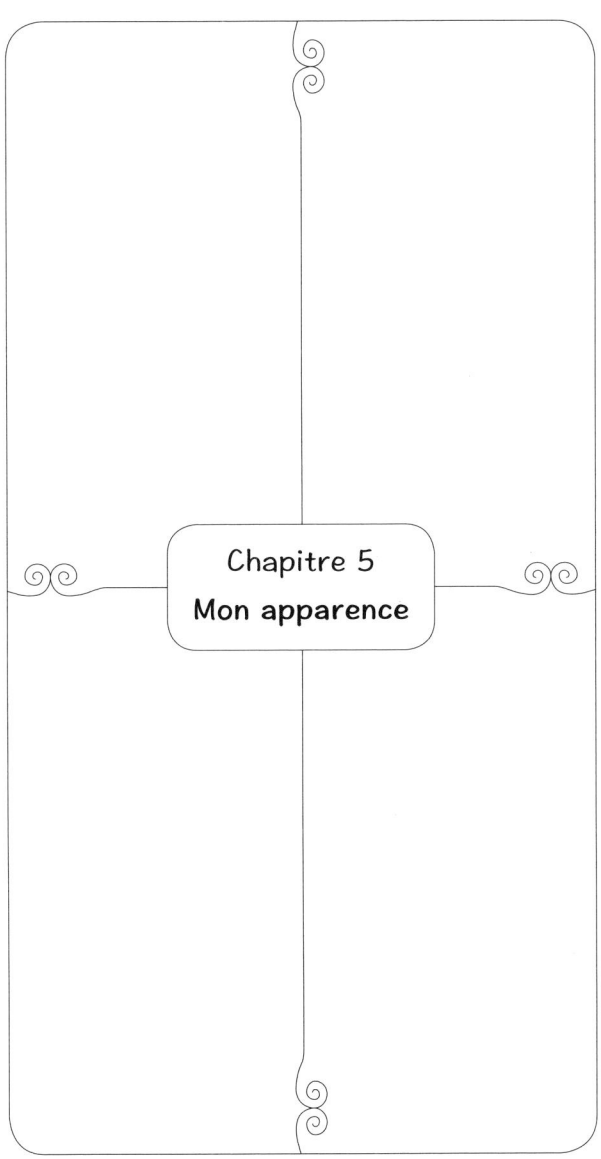

Chapitre 5
Mon apparence

不管这位希腊首领到底有什么企图，我再次想起他说的那句话——他那时不知道有人在偷听，他说在等着我送给他一份礼物。好吧，那就让他在某种程度上如愿以偿吧……

我郑重其事地说道："希腊人，我在你身上看到了领袖风范——既威严，又有气魄。"

他笑着回答："没错，我是一座岛的国王，这些勇士都服从于我。"

看来，他喜欢听好话，我觉得他挺有趣。

我趁机说道："你送我葡萄美酒，我谢谢你。假如它真的有你说的那么好，那我就送你……"

"什么？"

"一个承诺。"

"一个承诺？请说明白点，独眼巨人。"

"好吧，我可以向你保证——我父亲波塞冬在上——最后一个吃掉你。我的意思是，在吃掉你剩下十个同伴以后才吃你。你听了高兴吗？"

他一言不发。

而我则忍着不笑出来。

希腊人一言不发地转过身,做了个手势。一个手下在他脚下摆上一个鼓鼓囊囊的羊皮袋,随即又躲回阴影里。我明白这个人为什么慌慌张张的,我刚做出的承诺吓到了他,仿佛马上他就会成为我口中的美餐,可我现在只想喝酒。

我找出几个放在角落里的酒杯。我正要往里面倒水,和酒混在一起——我经常看到我的兄弟们这么做——但请我喝酒的那位阻止了我:"这款酒是上等佳酿,还是不掺水品尝最好,哪怕这不符合希腊的传统。要是你觉得它太浓,再把它和水混合在一起。"

他竟敢说这话!

我怒吼道:"我会觉得酒性太烈?你开什么玩笑,小家伙,和我一起喝!"

我递给他两个杯子。他把两个杯子都斟满了。我摸索着想拿住我那一杯,却没有成功。

希腊人赶紧把它放在我手心里，顺便发表了一段让我目瞪口呆的讲话："我没什么诀窍，我长着两只眼睛，因此能看得更清楚。要是我遮住其中一只，就会看到一个平面世界，大概和你看到的一样；要是我用两只眼睛看，就能产生立体感，就会发觉有些物体离我很远，另一些则离我很近。"

他刚刚向我解释了为什么我的手总是抓不住东西。我可不会感谢他。不过，下次独眼巨人聚会时，我会把这段话说给我的兄弟们听，他们定会对我刮目相看的！好吧……但愿如此。

喝上第一口：只觉得这饮料柔和、甜美，带着果味……宛如琼浆玉液。

喝上第二口：多喝了一点，我感觉很好。

喝上第三口：我开始头晕。

我的杯子空了，希腊人的也是。

我惊讶地问道："你喝的和我一样多吗？就你这小样？"

"当然，你以为呢？我们在战场上时，

都会喝酒壮胆儿,我习惯了。"

好吧。我会仔细观察他的所作所为。只要我想得起来……他又把我的酒杯斟满了,我实在停不下来,这酒太棒了……我把头往后一仰,美酒就像热蜂蜜一样流进我的喉咙。整个洞穴围着我旋转,向一边倾斜,然后是另一边,不停地旋转……我看到希腊人把酒倒在他身旁,我心想:"真浪费!"可我脑子里一片混乱,身子也坐不住了。我躺在篝火旁,闭上眼睛睡着了。

我做了一个梦,里面充满了声响和人影。我出现在哈得斯和珀塞福涅身旁,他们是掌管冥界的冥王和冥后。哈得斯声如洪钟:"欢迎来到冥界,波塞冬之子波吕斐摩斯。"我想回答说我还活着,只有死者的灵魂才会下冥界,可我却一句话也说不出来。火焰环绕着我,还有各种声响、急促的说话声,各种命令此起彼伏……传来一阵刮擦声,好像有人在地上拖着我从树干上挖出的一根木桩。

冷与热、炫光和黑暗在我梦里交替出现。一道飞腾的火焰靠近我的脸，接着一阵剧痛传遍我全身，漆黑一片。我想把手放在灼痛的眼睛上，可我做不到；又一阵痛苦传来，刺穿了我的身体，令人不堪忍受。

再没有清醒和梦境，再没有冰冷和炎热。我晕倒了。

我醒了。过了多久？整整一个晚上，还是整整一生？我一动不动，竭力将记

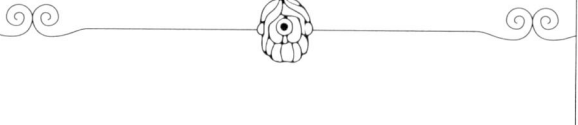

忆的碎片拼合起来。太难了！我的眼睛和整个前额传出一阵剧痛。我被痛苦完全填满了。我想环顾四周，可我什么都看不见了。

我的脑海里浮现出一些画面，是不是波塞冬施的魔法？只见希腊人抓住了一根木桩并用篝火把尖端烧硬了，其中几个人拿着这把武器朝我走来，用它对着我的眼睛，使劲扎了进去……

他们把我戳瞎了。

我会变成什么样子？

恐惧吞没了我。

第六章
没有人

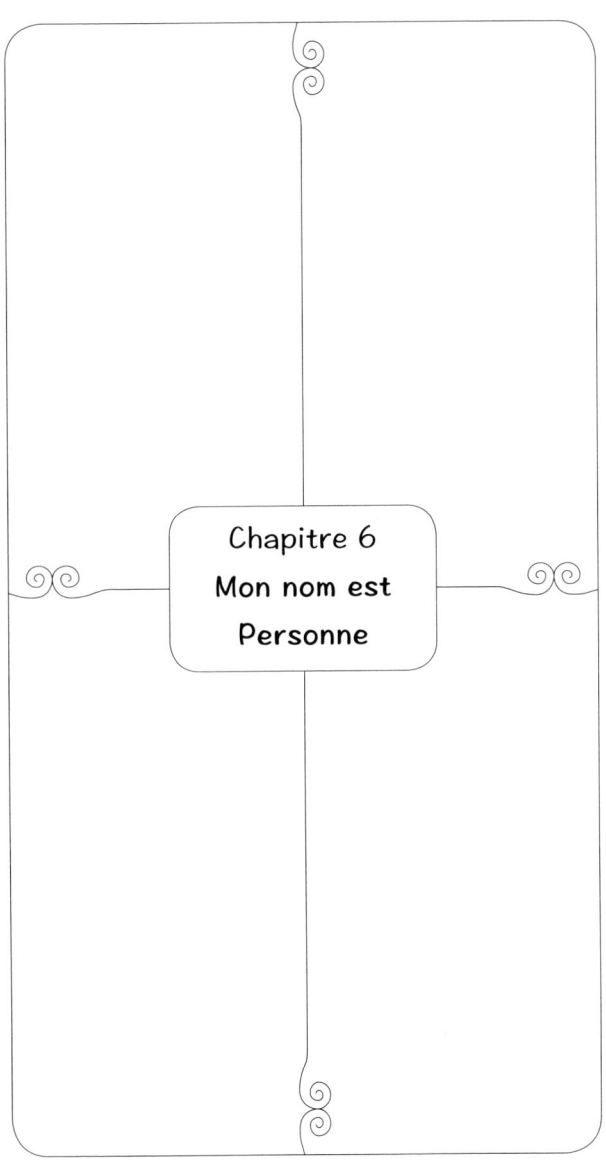

我什么都看不到了。

我的眼睛被弄瞎了。曾经抱怨只有一只眼睛的我,如今后悔不已。多么讽刺!可除了眼瞎以外,我身上还发生了其他转变。

我的鼻子能够更精确地分辨每一种气味:奶酪的,绵羊和山羊的,还有别的……希腊人的汗臭味,又酸又浓,朝着我迎面袭来。我的手放在冰冷且不平坦的地面,每根手指都能感受到洞穴地面的阻力和硬度。我的感官变得前所未有的敏锐。

眼睛虽然看不见了,我却发现了一个充满气味的世界,包括我嘴里的苦味、触觉信息……还有声音!希腊人在窃窃私语,可我能清楚地听见他们说的每一句话。不过,他们的领袖在哪里?莫非他一言不发?为什么我听不到他的声音?其他人似乎在讨论我的命运。

"你们觉得他死了吗?"

"不。你瞧,他在打哆嗦。"

"还好他还活着。"另一个人说道。

"你在说什么?"

"你们想想……要是独眼巨人不挪开挡在洞口的大石头,我们谁有那能耐?我们就会死在这里……"

"可他现在什么也看不见了,他夺路而逃的时候就会把我们像苍蝇一样碾死!"

"我们会比他更机灵。"首领开口说道。

就像每次他说话一样,其他人都闭上了嘴。他们相信他说的。

一个想法在我脑海中翻腾。不,不完全是一个想法……而是一些飘浮的思绪,一段模糊的念想,一段混乱的回忆……一些不怎么愉快的东西。一点也不愉快。一个充满威胁的身影在我身旁觊觎着,黑暗恐怖。哦,对了,我明白了。过去神的使者提到的那段预言,他说过:一个名叫奥德修斯的人会伤害我。我这才想到自己还不知道这群坏水手的首领叫什么名字。

我小心地坐了起来,疼痛撕裂着我的前额。我感到有目光正紧盯着我。该怎么办?就算我叫喊起来,宣泄自己的愤怒和绝望，也无济于事。

我问道："我乃海神波塞冬之子波吕斐摩斯，你居然敢攻击我，你叫什么名字？"

"我叫'没有人'。"希腊首领回答。

"'没有人'"？奇怪的名字。他父母怎么会给他取这么个名字？可疼痛让我无法思考这个细节。我也松了一口气：他不是多年来让我提心吊胆的那个奥德修斯。不管他是不是奥德修斯，我暗自发誓一定要让这些折磨我的家伙血债血偿。这个"没有人"绝对不会逃出我的手掌心。

我大叫一声，把自己都吓了一跳：

"兄弟们，救命啊！快来啊，他们要杀我！"

起初是一片寂静，我便竖起耳朵仔细听。尽管隔着厚厚的墙壁，他们还是听到了我的呼唤：我听见其他独眼巨人的脚步声，他们的呼喊声。每个人都从他们的洞穴里走了出来，赶来救我。我们会让这群希腊人尝尝我们的厉害！要是我能站起来搬走堵在洞口的大石头就好了，可我依旧痛苦难当、疼痛欲裂。就在洞穴外边，传来了我熟悉的声音。这一次，他们的声音让我很开心。

"发生什么事了，波吕斐摩斯？"

"你怎么了？"

我朝着他们喊道："我被人类攻击了！"

"人类？就他们那小样？"

"是的……一整支队伍！救命！"

"我们啥都没听懂。"我的另一个兄弟喊道。

"船长带着他的手下进入我的洞穴，他们吃了我的奶酪，还取笑我。"

"和我们一样，波吕斐摩斯。大家都喜欢逗你玩，就是这样。"

"我喊你们来可不是为了找乐子的。在我睡着的时候，那些人刺瞎了我的眼睛！"

石门的另一边传来一阵愤怒的呼喊。要是我有力气把石头挪开，放他们进来就好了！

"我们会为你报仇的。谁折磨你？"

"'没有人'！"

"什么?"我的一个兄弟嘲笑说,"你又开始胡说八道了。如果只是为了半夜里把我们叫醒,那就没意思了。你说没有人攻击你?那就好好睡吧。"

"你将在下一次会议上为今天的事情付出代价。"脾气最暴躁的那个兄弟咆哮起来。

"我以奥林匹斯山诸神的名义向你们发誓……"

"得了吧,不要搞事情了,波吕斐摩斯。你已经惹我们生气了,可别把众神都激怒了!"

他们走了,又一次拿我取乐。

洞穴的角落里响起了笑声。看来，这场谈话可把希腊人给逗乐了。我依旧是所有人的笑柄。这些人继续把我当成笨蛋，害得我什么也看不到了。他们觉得自己比我们这群巨人厉害。这一切都是因为我们是与世无争的牧羊人，而不是什么国王或水手。

他们会尝到波吕斐摩斯的厉害的，我会证明给他们看的。

只要我不这么疼了。

只要我还有一些力气。

只要……

第七章

行动

Chapitre 7
Je dois agir

我再次因发烧而昏睡过去。我辗转反侧,身体上的疼痛加剧了我的无助感。我的反应真是迟钝!绝对的!这个希腊首领声称自己名叫"没有人",他一定是故意的。他猜到我的兄弟们就算来了也不会相信我。也就是说,他足智多谋,知道他们的存在。他一定早已谋算出假如我求救会发生什么事。正如他预料的那样,我被当成了蠢货。我的肉体、心灵都饱受摧残,完全孤立无援。

羊儿们在干草垛上咩咩叫着,扭动得更厉害了。黎明即将来临,我的牲口还在等着我去照料。在它们叫喊声的指引下,我走近它们。我摸到了公羊德拉斯的蹄子——我是绝对不可能将它与另一只羊搞混的——它好像痊愈了。我给母羊们挤奶,再将羊奶倒入我昨晚放好的容器中。昨晚……仿佛过去了一个世纪!那时我还过着平静的日子,还能看到这个世界,即使它并不完美。我再也无法欣赏辽阔的大海、蔚蓝的天空、盛开的月桂树!不过我比以前更容易抓住我的小羊们了,谁会相信呢?可这是真的。我的感觉变敏锐了,至少能派得上用场。

德拉斯突然躁动了起来。我听到它在踢腿,接着发出一声哽咽的声音,再后来就什么声音也没有了。它可能被一只虫子蜇到了。

我走向洞口,双手伸直,以防万一。我走得很快,因为我摸到了墙壁,感觉到熊熊篝火……仿佛我体内有一股强大的感知力在滋长。我抱起门口的石头,旋转了一下,露出的空隙只允许羊儿一只只地通过。要是有希腊人试图从羊群当中溜走,我一定会感觉到的。

我要让这些人成为我的俘虏。

我要惩罚他们。

我的那群羊被阳光和青草的气味所吸引,大概也是习惯使然,一只接着一只溜了出去。

我摸着每只羊的背部,什么也没有,没有人胆敢骑在羊背上来躲避我的抓捕。

羊儿们鱼贯而出,我用粗大的手指在两只羊之间滑动。

什么也没有。

希腊人害怕我,他们是胆小鬼。我最后走出

洞口，把石头挪回原处。洞穴已被封死，这些囚徒插翅难飞。我有一整天的时间来选择对他们实施哪一种惩罚，尤其是那个领头的，那个名叫"没有人"的家伙，他可真狡猾。

岛上万籁俱寂！仿佛这些闯入者从没来过，仿佛我只是个普通的独眼巨人。

可我再也无法回到过去了：我的眼睛变成了一个大洞，再也看不到光。但我依然能闻到带着露水的青草气息，听到羊群的咩咩声，感觉到吹拂在我脸上的海风。我还活着。

在温暖的空气中爆发出一阵笑声。一阵笑声？

我的某个兄弟是不是又在嘲笑我了？不是，他们笑起来像打铁。再说了，要是他们真的看到我受伤，我不认为他们会觉得这很有趣——但愿他们不会坏到这种地步……

那么……

哦，不。

第二声笑声响起，然后是第三声，与先前爆发的笑声混合在一起，低沉、洪亮，带着胜利者的口吻。

是那群希腊人，他们是怎么逃出来的？难道说，洞里有一个我不知道的秘密出口，还是说他们会飞，或者像空气一样无际无涯？我摸过每一只羊的背部，仔细查验过两只羊之间的缝隙，他们是不可能逃出来的！

"我搞不懂。"

那个自称"没有人"的家伙，带着嘲笑的口吻回答我："其实很简单。"

又是一阵挖苦的笑声。他继续说道："我让我手下躲在那群羊的肚子下面。至于我，我躲在你那只公羊的肚子下面，紧紧抓住它的羊毛。这滋味不是很好受……不过我们成功地逃出来了。"

我发怒了："我跟你们没完！"

他回嘴说："你吃掉了我们两个伙伴，我们跟你也没完。"

我猛地伸出手臂想要抓住他，可他却退到了一边，我的手只碰到一棵小树苗。他们走远了。

他们带着其他东西一同走远了：只听到我的羊群里的几只羊的咩咩声。这些可恶的家伙一直在偷我的东西！希腊人向岸边走去，朝着他们船只的方向。

我必须采取行动。

越快越好。

第八章
永恒的黑夜

Chapitre 8
La nuit définitive

我认得岛上的每个角落，可我从没以这种方式周游全岛：看不见光，少了色彩，没了样子。如今在我的脑海里，这座岛完全由鸣叫声、回声、沙沙声和气流声交织而成。就算撒腿追上这群水手，又有什么用呢？我在一块石子上滑倒了，全身扑倒在地上。我好想哭，可这对我来说是不可能的，我火烧般的眼睛里不会有泪水流出的。我依然站在高处。希腊人正沿着通往海岸的陡峭山坡疾驰而下，他们到底从我这里偷走了多少牲口？突然，一声狂叫吓得我跳了起来。

确切地说，是一阵狂笑。

是那个首领的声音。他在嘲笑我缺了只眼、虚弱不堪。他不在乎自己对我做了什么，这家伙还有没有一丝人性？

"独眼巨人，再跟我说一遍你的名字！"

"我是波塞冬之子波吕斐摩斯。"

"我是拉厄耳忒斯的儿子，拉厄耳忒斯则是宙斯之子阿耳刻西俄斯的儿子。也就是说，我是众神之王的后代。我还有个秘密要告诉你。"

我不说话了。我洗耳恭听。

"我的名字不是'没有人'。大家给我起了

很多绰号！什么'智多星'啦，什么'鬼灵精'啦，数都数不清。我的父母给我取名奥德修斯。我是伊塔刻岛的国王，我的船离开这里以后就会带我们回家。"

"奥德修斯……"一名水手拉着他的胳膊催促道。

可首领挣脱了他。他自以为有足够的时间，喃喃自语起来："十多年来，我的王后珀涅罗珀和我们的儿子忒勒马科斯一直在家乡等着我。我儿子现在一定长大了。"

"奥德修斯，当心。"另一个水手提醒道。

这位领袖似乎回过神来，他抬头看着我，我感到他的目光落在我身上，像火一样灼烧我的皮肤。

啊，他不笑了！

我站在那里，头顶着天，脚踏着地。我的样子一定很可怕，因为下方传来了叫喊声，夹杂着急促的脚步声：希腊人正朝着船只跑去。

我既愤怒又绝望。原来他就是奥德修斯，神谕一早就警告我要提防的奥德修斯。一个什么都不是的小国王、宙斯的野种后裔，而我可是海神的亲儿子。

奥德修斯，奸诈之徒！他伤害了别人，还好意思夸耀吹嘘狡猾？

我朝着地面弯下腰，用双脚和膝盖支撑自己，向各个方向挥动双手摸索起来。我被荆棘丛刺伤了，可我不在乎！

这就是我要找的：一块和我脑袋一样大的石头。我使劲把它从地里面举到半空。我走近悬崖的边缘，一定要把石头扔下去，但不能摔倒。这块岩石大概和船一样大，必定能把希腊船只及其船员压扁。要是我的羊群能死里逃生，那就再好不过了！

在我调整丢石头的方向时，水手们已经上了船。各种命令此起彼伏，所有船桨疯狂飞扬起来。

我用尽全力将石头朝着声音传来的方向扔过去。

一切都瞬间暂停了，随后响起了一阵水花声，说明我错失了目标。哦，他们大概被溅了一身水，船体甚至都出现了破损，可还是让奥德修斯给逃掉了。

于是，我仰天长啸："波塞冬啊，听听你儿子悲痛的呼喊。你弃我不顾了吗？你会任凭一个小小的人类偷走你孩子的东西、伤害他、不断和他作对吗？就仿佛在和你作对一样！"

我听见愤怒的大海隆隆作响，海面波涛汹涌。

"奥德修斯会付出代价的，我的孩子。我听到了你的呼唤，我会为你报仇，这个希腊人将辗转数年才能返回故土……"

我壮着胆子在心里问道："父亲，谢谢，谢谢。你会怎么做？"

他的话语在我心口贴上了一剂药膏："我会请风神埃俄罗斯帮个忙，他是我的老朋友。从此以后，风儿想去哪里就去哪儿，有时也会暂时平息，可永远都不会吹向伊塔刻岛。"

我毫无顾忌地放声大笑起来。

希腊人肯定听到了我的笑声。

他们要是以为我疯了，那迟早会发现自己大错特错了。

至于奥德修斯，他的狡诈肯定悄悄告诉了他，他的胜利只是一时的，可他的失败会持续很多年。

至于我，我将继续做我的牧羊人。从此再没有什么预言能困扰我，可我却陷入了永恒的黑夜之中。

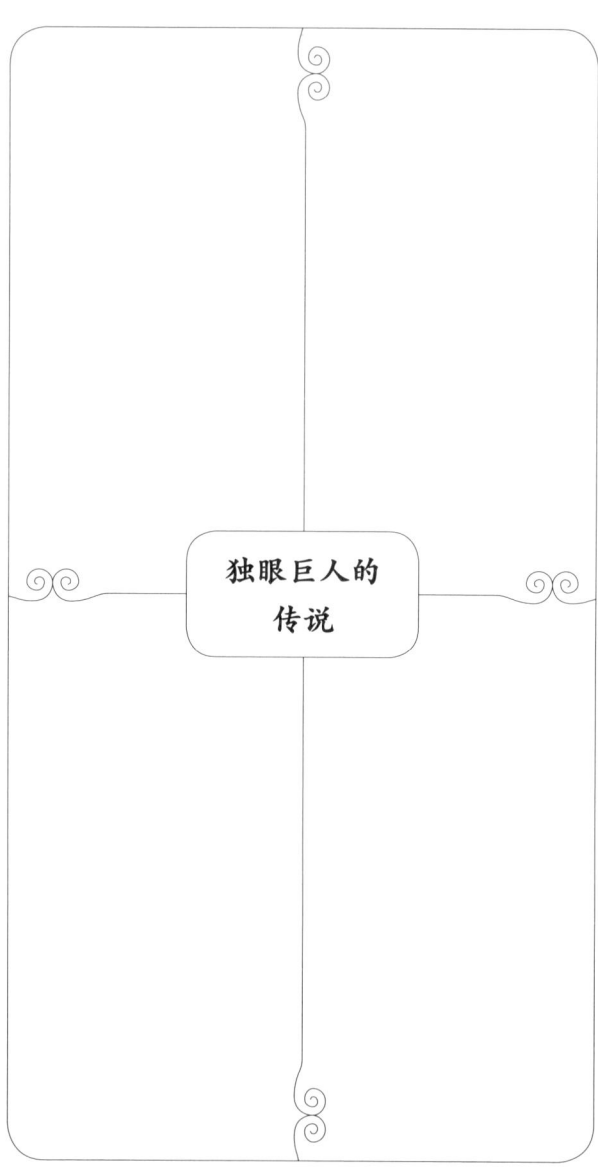

独眼巨人的传说

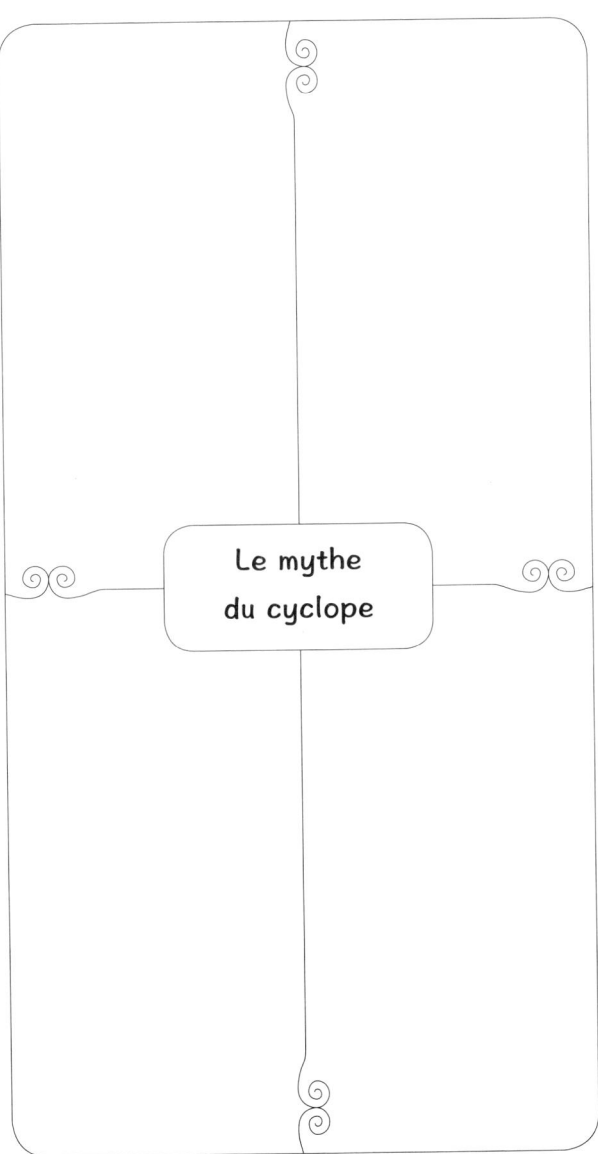

Le mythe du cyclope

您刚读完了独眼巨人波吕斐摩斯的故事，进入了他的世界。大家总是心怀厌恶，认为独眼巨人既蠢又坏，可也许您想深入了解一下他们的故事？这故事又是如何诞生的呢？

什么是希腊神话？

神话讲述的是非凡人物的事迹。这些人物并非儿童传说中的英雄，而是整个民族曾经信奉的男女诸神：他们属于宗教的一部分。

在2000多年前的古希腊，曾经有过供奉宙斯、赫拉、雅典娜、阿波罗的神庙……也曾有过祭祀这些神灵的神职人员，以及向他们致敬的神圣运动会，比如著名的奥林匹克运动会就是献给宙斯的。

谁是独眼巨人？

"独眼巨人"这个词在希腊语中发音为"库克洛普斯"，意思是"话很多的家伙"，也有"众所周知，著名的"涵义。独眼巨人个头很大，他们是

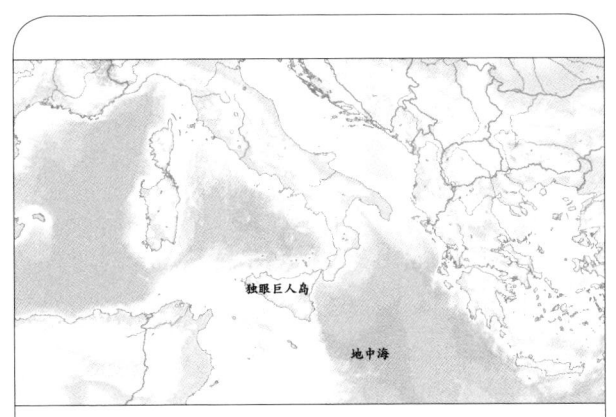

独眼巨人岛（西西里岛）在地中海上的具体位置

半神，是海神波塞冬和仙女托俄萨的儿子。唯一有故事传世的独眼巨人名叫波吕斐摩斯，他和他的兄弟们都是牧羊人，靠吃生肉为生。他们居住在位于意大利南部的西西里岛上。他们不耕种土地，这片肥沃土壤上自由生长的植物为他们提供了所需的一切。

独眼巨人长什么样？

他们模样像人，只是个头大得多。他们和人类的最大区别就在于他们只长着一只眼睛。从许多雕塑和画作的描绘来看，这只眼睛位于前额中

© Steven Lek - 波吕斐摩斯头像,意大利罗马。

间,也可能稍低,略高于鼻子。有时也能看到,他们在正常眼睛位置上也长着两个眼眶,只是这两只眼睛无法睁开,根本看不见东西。

奥德修斯之旅

伊塔刻国王奥德修斯围攻小亚细亚的特洛伊城历时十年,最终胜利,后来在地中海上流浪又是十年,方才回到伊塔刻岛。由于希腊人一开始就对最佳启程日期争执不休,因此所有船只并非同时出发。墨涅拉俄斯和涅斯托耳的船率先扬帆。奥德修斯原本想跟着他们,但发生了一场争吵,稍后,他便跟随阿伽门农的船。一场风暴将他们分开了,奥德修斯及其水手们发现自己和其他船只失去了联络。他们途经喀科涅斯人的家园,将那里洗劫一空,杀光了所有人,唯独放过

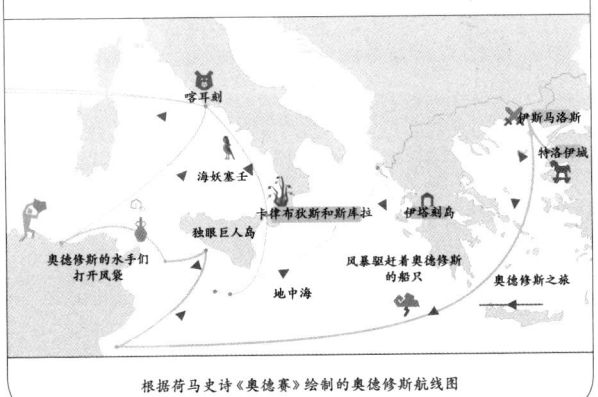

根据荷马史诗《奥德赛》绘制的奥德修斯航线图

Colsu ——《奥德修斯将酒杯献给波吕斐摩斯》,独眼巨人前庭里的马赛克画,意大利西西里岛的卡萨尔古罗马别墅。

了阿波罗神的祭司马戎及其妻儿。

为表感谢,马戎向希腊人赠送了十二罐上等葡萄酒,奥德修斯后来用这酒诱捕了波吕斐摩斯。一路上,他们还得到了吃食落拓枣者的热情款待,后者送给他们一瓶喝了以后会忘记一切的饮料。奥德修斯费了好大劲才让船员们离开了那里! 接下来,他们来到了一座遍地羊群的岛上,带走了很多只羊。他们的下一站是独眼巨人岛。

很久以后,奥德修斯才会遇到巫女喀耳刻、海妖塞壬……(参见本书作者另一作品《海妖塞壬利莱亚》。)

《奥德赛》中有关波吕斐摩斯的记载

荷马在他的长诗里首次提到了独眼巨人。

这部作品讲述的是特洛伊战争结束后奥德修斯是如何历经千辛万苦返回家园的,因此被命名为《奥德赛》(公元前8世纪作品)。这部作品的第九卷以第一人称写成,以奥德修斯的角度描述了这次历险:他将波吕斐摩斯说成是一个嗜血的怪物——在这个版本中,独眼巨人吞掉的闯入他家中的希腊人不是两个,而是六个。独眼巨人可能是一种野人,而不是希腊人那样"吃面包"的文明人。

可奥德修斯并没有隐瞒他和十二名手下擅自闯入波吕斐摩斯家中,并像在自己家里一样大吃大喝的事实。他还指望这里的主人能送给他一份礼物。奥德修斯恳求宙斯保护他不要受到波吕斐摩斯的伤害。但独眼巨人并不服从宙斯,他的守护神是他的父亲波塞冬。

其他文献记载

其他古代作家曾经引用或续写了这个故事,依时间顺序排列如下:

第一位是欧里庇得斯。他在公元前424年左右写下了《独目巨人》。这是一部羊人剧，是一种介于喜剧和悲剧之间的类型。这部剧是唯一一部完整传世的羊人剧作品，需要由合唱团来演唱。欧里庇得斯沿用了《奥德赛》里讲述的全部内容，不过在细节上有所不同。

在羊人剧里，波吕斐摩斯居住在埃特纳火山脚下。他把狄俄倪索斯神的同伴羊人变为自己的奴仆。于是，羊人们站在奥德修斯一边，最终乘他的船逃走。奥德修斯的手下装病，所以是奥德修斯独自弄瞎了独眼巨人。

第二位是希腊诗人忒俄克里托斯。他于公元前310年左右出生于西西里岛的锡拉库萨，公元前250年去世。他的《田园诗集》中的一首诗展示了波吕斐摩斯的另一面：独眼巨人爱上了仙女伽拉忒亚，可对方却毫无反应，他只能四处游荡，灵魂饱受痛苦。

最后一位是生活在公元1世纪的罗马诗人奥维德。他在《变形记》第十三章中讲述了独眼巨人恋爱受挫的故事：仙女伽拉忒亚爱上了英俊的阿喀斯，可波吕斐摩斯心里却只有她。他用芦笛歌唱着自己的爱："哦，伽拉忒亚，比女贞树雪白的

© Kurt Wichmann — 罗马诗人奥维德的雕像,罗马尼亚康斯坦察。

花瓣还要白……"可仙女对他的表白却无动于衷。波吕斐摩斯一怒之下用一块石头将阿喀斯压扁了。伽拉忒亚将她所爱之人的血液转化为纯净的甘泉,她沐浴其中,和自己所爱之人长相厮守。

为什么在本书中将波吕斐摩斯拟人化?

希腊神话将波吕斐摩斯描述成任人摆布的棋子:只要神谕对命运做出了预言,任何人,哪怕是神明都无法逃脱。神的使者断言他有一天会遇到一个名叫奥德修斯的人,这个人定会给他带来痛苦。也就是说,神命不可违。

可谁又能体会波吕斐摩斯的感受?这个可怜人只有一些小缺点——他是独眼巨人,兴许模样有点丑,而且只吃生肉,对人肉也不排斥。但只要没受到攻击,他就是一个与世无争的牧羊人,悉心照看着自己的羊群,安心享受独处。

《奥德赛》里对波吕斐摩斯的描述出自奥德修斯之口。奥德修斯是个正面角色:他前来寻找补给,宙斯建议他和气待人,而他却说自己受到了巨人的威胁,为保住自己和手下的性命而出手自卫。

© sailko -《奥德修斯刺瞎了波吕斐摩斯》,巨型大理石群雕复制品,提比略别墅石窟,公元1世纪,德国波鸿鲁尔大学艺术馆藏。

这个说法在很多记载里反复出现,却是值得推敲的。

我们是否能够闯入某人的家中,并洗劫一空,还要向主人索要礼物?我们是否能够因为主人不允许他人闯进自己家里,就去折磨他,还把他的眼睛给弄瞎了?故事通常是从胜利者的角度来讲述的,可事实并不像乍看之下那么简单。

希腊神话中的其他独眼巨人

波吕斐摩斯和他的兄弟们是奥林匹斯诸神

的孩子。因为他们是波塞冬的儿子,而波塞冬则是宙斯的兄弟之一。

在希腊神话关于独眼巨人的最早记载中,还提到了另外三个独眼巨人。希腊诗人赫西俄德(公元前8世纪)在其长诗《神谱》中系统地记叙了古希腊诸神的谱系和历代传承。

诗中讲述了克洛诺斯如何取代了自己的父亲乌拉诺斯,他的儿子宙斯又是如何取代他成为众神之王的。

话说天地之初,混沌未开,大地女神盖亚孕育了山川海洋,乌拉诺斯生出群星苍穹。盖亚和乌拉诺斯结为夫妇,生下了一群能力超凡的孩子,其中包括12个提坦神(六男六女)、3个百臂巨人——每个都长着100只手臂和50个头,另外还有3个独眼巨人。

这些独眼巨人也都只有一只眼睛。他们的名字分别是布戎忒斯(意为"雷声")、斯忒洛珀斯(意为"电")和阿耳革斯(意为"光")。乌拉诺斯害怕这三个儿子的力量,便将他们关在冥界最底层塔尔塔罗斯。他们想办法逃了出来,然后又被刚刚取代自己父亲乌拉诺斯成为众神之王的克洛诺斯关押了起来。

后来，宙斯释放了他们，三个独眼巨人分别制作出雷、电、光以表感谢。宙斯凭借这些武器打败了提坦神，其中包括他的父亲克洛诺斯，从而成为新的众神之王。

有关独眼巨人传说起源的几种假设

有一种吓人的大脑和面部畸形名叫"独眼畸形"。它在人类胎儿身上极为罕见，有时也会出现在动物身上（鲨鱼、山羊等）。独眼巨人的传说可能源于这类畸形儿。还有另一种假设：在地中海克里特岛和西西里岛上曾发掘出已灭绝侏儒象的化石。象鼻子所在位置在骨架上凹陷出一个大洞，让人以为是长着一只眼睛的巨人。

克里特岛上的一些传说中也曾提到过三眼巨人：除了脸上那两只，脑后还长着一只。该传说直到20世纪初依然在希腊传说中广为流传。三眼巨人和独眼巨人的古老传说可能存在着某种关联。

©Jastrow－科尔内耶·范·克莱夫，《坐在岩石上的波吕斐摩斯》，1681年，巴黎卢浮宫博物馆藏。

后世对传说故事的艺术加工

波吕斐摩斯的故事启发了许多艺术家,而且经久不衰。该题材主要分成两大主题:一是他不幸遭遇了奥德修斯,二是他的失恋。许多古希腊和古罗马的作品都曾塑造出独眼巨人的形象,该题材在文艺复兴时期又再次回归,至今仍是广大艺术家的灵感源泉。

其中值得一提的是意大利画家安尼巴莱·卡拉奇(Annibale Carracci, 1595—1605)绘制的壁画,上面描绘了波吕斐摩斯向逃跑的希腊人扔石头的情景;还有法国雕塑家科尔内耶·范·克莱夫(Corneille Van Clève)制作的大理石雕像,展现了恋爱中的波吕斐摩斯坐在岩石上的形象;另外还有20世纪瑞士雕塑家尚·丁格利(Jean Tinguely)创作的名为《独眼巨人》的大型雕塑……如此种种,不胜枚举。

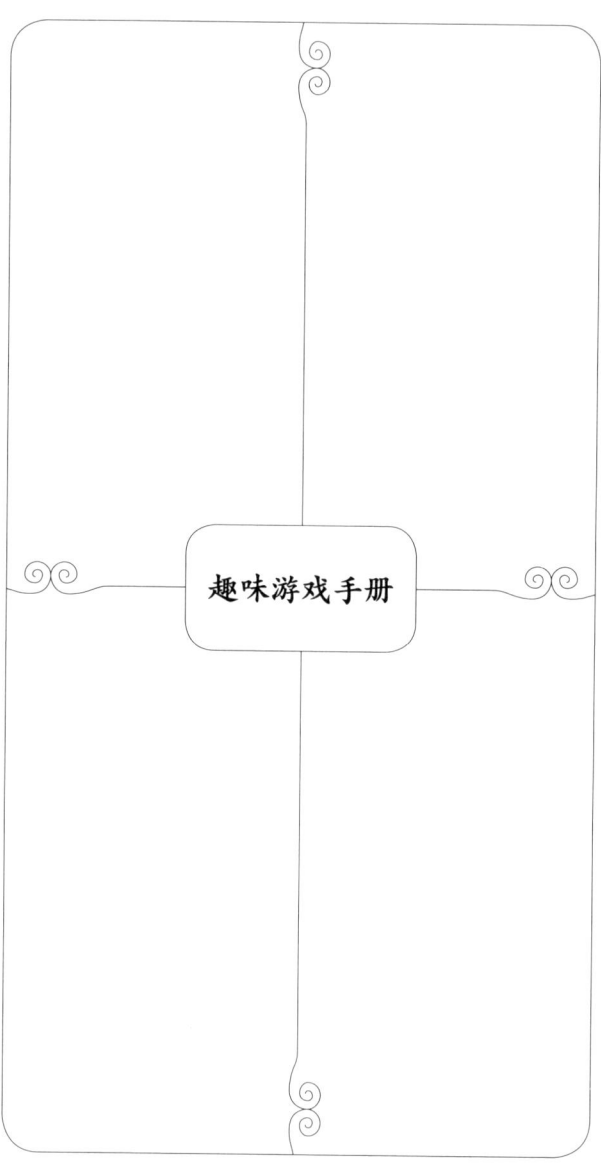

趣味游戏手册

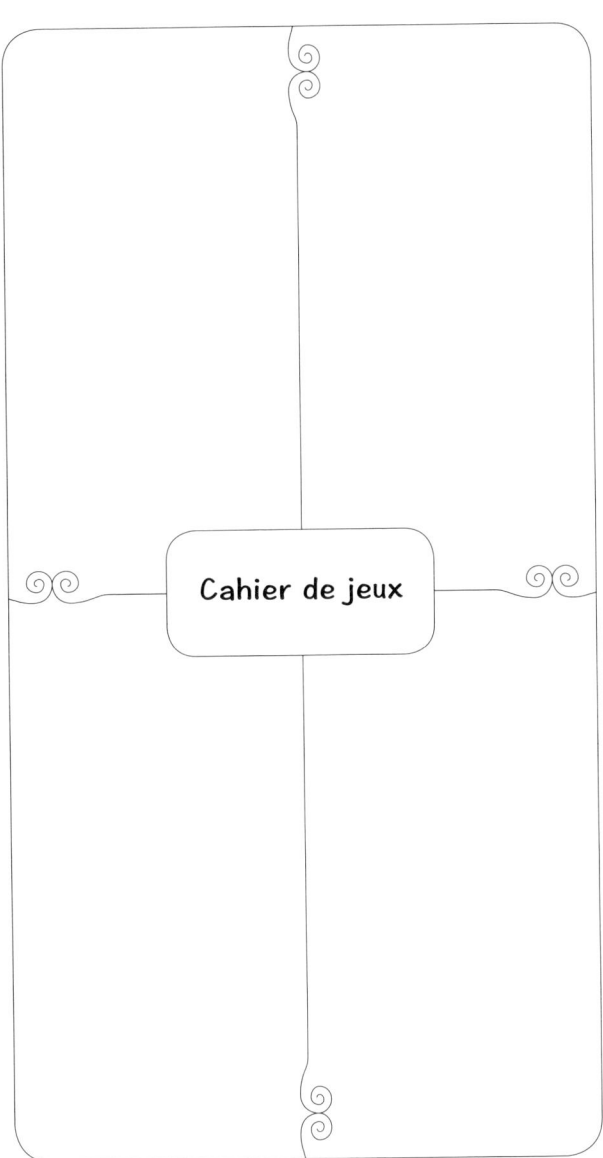

问答题

1. 独眼巨人波吕斐摩斯的父亲是谁?
___

2. 波吕斐摩斯的职业是什么?
___

3. 他住在哪座岛上?
___

4. 奥德修斯来到岛上以后,送给独眼巨人什么礼物?
___

5. 奥德修斯向波吕斐摩斯自我介绍时自称叫什么名字?
___

6. 波吕斐摩斯最厉害的公羊叫什么名字?
___

填空题

*根据您刚读完的故事为这段文字填空。

提示：下划线的数量同缺失词语中的字数相一致。

波吕斐摩斯是一个＿＿＿＿＿。他只有一只＿＿＿。他和他的兄弟们住在一座岛屿上，照管着母羊们和他的＿＿德拉斯。有一天，＿＿＿＿＿＿和他的手下登上这座岛屿。他们从独眼巨人那里偷东西吃，并占领了他的洞穴。他们向波吕斐摩斯敬酒，把他灌醉，并朝着他的眼睛上扎进了一个＿＿。独眼巨人一失明，＿＿＿就捉弄他，设法逃出了山洞。他们成功地逃之夭夭，＿＿离开了小岛。波吕斐摩斯绝望地向父亲＿＿＿求助。父亲同意帮助他＿＿。父亲提出会向风神＿＿＿＿求助，让奥德修斯久久无法返回家乡。

_____

对错题

*请指出下列说法是否正确。

---

1. 波吕斐摩斯对奥德修斯做出的承诺是把他第一个吃了。

   对还是错?

2. 希腊人依靠躲在羊肚子下成功离开了波吕斐摩斯的山洞。

   对还是错?

3. 波塞冬将为波吕斐摩斯报仇。

   对还是错?

4. 奥德修斯的伙伴们对独眼巨人们很和善。

   对还是错?

5. 波吕斐摩斯生来就是瞎子。

   对还是错?

6. 奥德修斯是神的后裔。

   对还是错?

连线题

*将每个角色的名字同你刚读到的故事中的话语相匹配。

波吕斐摩斯	"你们觉得他死了吗?"
奥德修斯	"这个希腊人将辗转数年才能返回故土……"
波塞冬	"如果只会随声附和,那你和羊有什么区别?"
奥德修斯的伙伴	"我叫'没有人'。"

答案

问答题

1. 老黄牛
2. 张大人
3. 两勺黑盐
4. 那两勺
5. 没有人
6. 经裁判所

填空题

1. 骆驼巨人
2. 跑龙套
3. 公牛
4. 老黄绒被
5. 大扁
6. 有钱人
7. 柔姬
8. 没黄金
9. 枪仆
10. 经裁判所

对错题

1. 错。骆驼巨人的盔甲很像牛披挂着的一个样子。

2. 对。老黄绒被和小公羊站在北面口子将关关，凡是有钱人被放入监狱里，被井上锁在千马上，这些有钱人就做不了主了。

3. 对。老黄绒被所说老黄之女姬，决来决有己把他，老黄之镜去了，有时就是经裁判所说：老黄绒被搭花等张长回家来，决来之名向风中摇着出来。

4. 错。他们把乙镜放入，就捞住了老黄之镜姬；他们把乙的老黄绒被，说错走了他的几儿夫。

5. 错。老黄绒被并非长表就镜了，而是老黄绒被入内老板和乙跑了这张张的一的地张，就走了。

6. 对。老黄绒被走不了大几的几儿子，就告诉乙说他是老黄之子所老的老黄所说的就夫很了。

连线题

彼宁之等彼悦："如来之名之气我拆开，那给你之有什之区别？"

老黄绒被："亲！没有人。"

老黄绒被："这个东有谁入持继将载我才能卷回载老。⋯⋯"

老黄绒被对你悦："你们谁带得老吃了吗？"

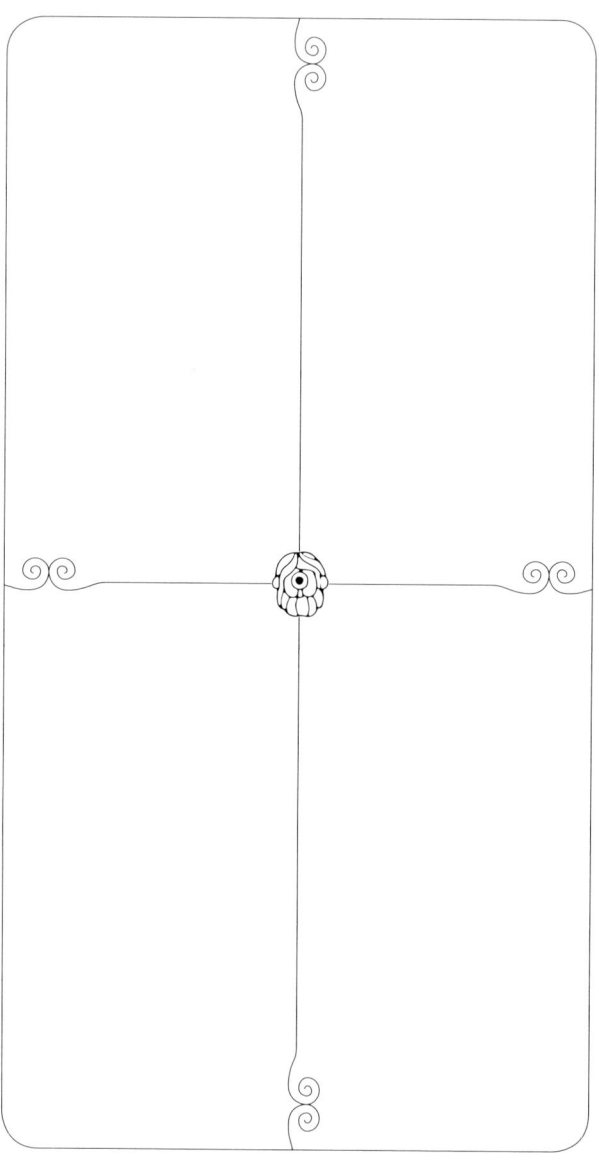

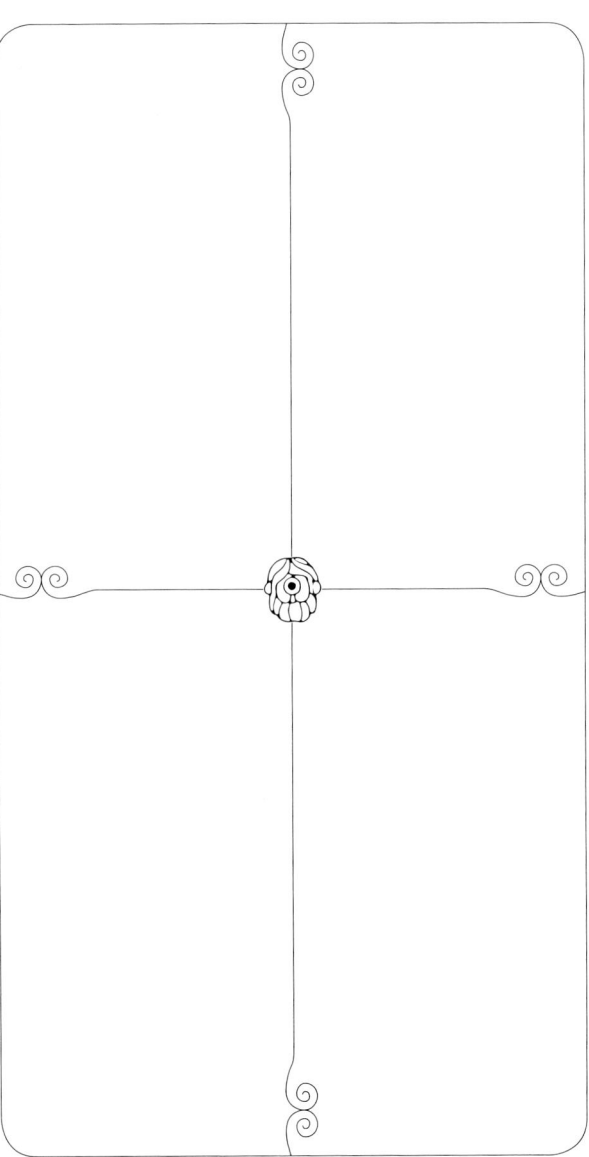

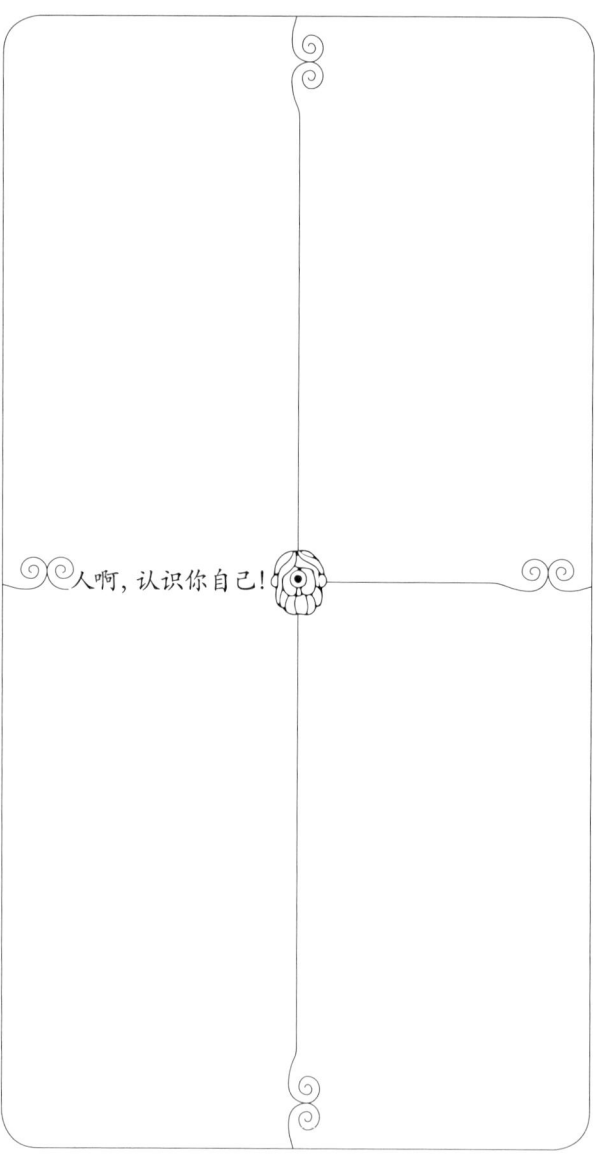
人啊，认识你自己！